처음
살아보니까

그럴 수
있어

처음 살아보니까
그럴 수 있어

1판 1쇄 발행 2018년 1월 26일
1판 12쇄 발행 2023년 8월 16일

글 · 그림   요적
펴 낸 이   신혜경
펴 낸 곳   마음의숲

대   표   권대웅
편집주간   박현종
편   집   채수회
디 자 인   임정현 박기연
마 케 팅   노근수 김혜원

출판등록   2006년 8월 1일(제2006-000159호)
주   소   서울특별시 마포구 와우산로30길 36 마음의숲빌딩(창전동 6-32)
전   화   (02) 322-3164~5   팩스 (02) 322-3166
이 메 일   maumsup@naver.com
인스타그램   @maumsup
용지 월드페이퍼(주)   인쇄 · 제본 (주)에이치이피

ⓒ요적, 2018
ISBN 979-11-87119-98-2 (03810)

이 도서의 국립중앙도서관 출판예정도서목록(CIP)은 e-CIP홈페이지(http://www.nl.go.kr/ecip)와
국가자료공동목록시스템(http://www.nl.go.kr/kolisnet)에서 이용하실 수 있습니다.
(CIP제어번호: CIP2018001412)

글 · 그림 요적

처음
살아보니까

그럴 수
있어

작고 따뜻한 말로
내 마음을 안아 줬다

토닥토닥

마음의숲

프롤로그

가벼운 마음으로 시작한 글이
어쩌다 보니 책으로까지 나오게 되었습니다.

펭귄과 다른 동물들의 입을 빌려 하고 싶었던 이야기들,
남에게 꺼내기엔 무겁기도 하고,
쓸데없기도 한 이야기들을 풀어놓았다고 생각합니다.
사실 그런 이야기들은 말하는 사람보다
듣는 사람이 고생스럽기 마련이지요.

제가 가진 삶에 대한 우울과, 의문과 대답을 엮은 책입니다.
그런 이야기를 들어주셔서, 읽어주셔서 고맙습니다.

책을 쓰면서 가진 몇 가지 바람은
내 글이 당신에게 괜찮게 닿았으면
말뿐인 말이 되지 않았으면
읽는 시간이 아깝지 않은
종이가 아깝지 않은 책이 되었으면 하는 것입니다.

이 이야기가 당신에게 반창고 하나 붙이는 정도의
작은 위로라도 될 수 있다면 정말 좋을 것 같네요.

심심한 마음을 담아서 요적

목차

#1

디어 마이 라이프

＃ 외로움에 빠지지 않는 법

뭐하고 계세요?

외로움을 느끼고 있어.

힘든 일을 하고 계시네요.

그렇지.

외로움을 느끼지 않는 방법이 있을까요?

그런 건 없어 펭귄아.
외로움은 없앨 수 없어.

그래도 살다 보면 가끔
외롭지 않은
순간들이 있잖아요.

그건 말이야

외로움 사이사이 징검돌 같은 거야.

정말 띄엄띄엄 있는…

무슨 짓을 해도 결국

외로움에 빠지는 순간이 오지.

우리는 그렇게 젖어들며
인생을 건너는 거야….

다시 돌아가는 길

안녕하세요.

안녕?

어디 가시나요?

여행을 끝내고
집에 가고 있어.

그렇군요.

물 있니?　　　　네.

한 모금만 줄래?

　　　　　그래요.

고마워. 친절하구나.

　　　　약간요.

왜 여행을 떠나신 거예요?

평범한 이유지.
지긋지긋해서 떠났어.

뭐가요?

그냥 전부 다.

개 같은 사장도. 밀린 빨래도.
쥐꼬리만 한 월급도.
지겨워서 숨이 막혔거든.

여행은 정말 좋더라.
온갖 멋진 풍경들을 봤어.

그랬는데. 여행이 계속될수록
나는 그리워하기 시작했어.

뭘요?

빨래 개면서 TV 보던 일상과

날 위로해주던 친구 놈과

개 같은
사장놈...

너 사장됐다고?

쥐꼬리만 한 월급날도 말이야.

그러다가 느꼈지.

지루함만 가득했던 내 일상을
여행길 위에서도 그리워하는 나를.

난 언제 어디서든
결국 지나왔던 곳들을 그리워하며
살고 있다는 걸 말이야.

외로움을 없애는 약

안녕하세요?

안녕 펭귄아.
뭐 필요한 거 있니?

필요한 거요?

응. 난 이것저것 팔고 있거든.

음…

외로움을 없애는 게
있을까요?

그러엄.

외로움을 없애는 약이 있단다.

약이요?

짠!

익숙하게 생긴 병이네요.

기분 탓이야.

이거 진짜 효과 있어요?

당연하지.

외로움을 싹 잊게 될 거야.

부작용 같은 건 없나요?

음...

단어가 생각이 안 나서
답답해질 때가 있어.

무슨 단어요?

'외로움'이라는 단어가.

그게 뭐예요.
그냥 단어 하나를 잊는 거잖아요.

'외로움'을 잊긴 하잖아.

사기 아니에요, 그거?

이게 싫으면…

이건 어때?

비상식량인가요?

애완 금붕어란다.

어항을 들고 여행하긴
좀 힘들 것 같은데요.

그래서…

모자를 준비했지!

모자요?

어항을 얹기에 딱이란다.

이렇게 여행하긴 좀
불편할 것 같은데요?

함께 한다는 건
좋은 시간만 같이 하는 게 아니잖아.

여행을 시작한 이유

결국 사버렸네….

이름 뭘로 짓지?

주황이?
붕어빵?
금붕어?
덕춘이?
금례?

자기 이름 아니라고
너무 막 짓는 거 아냐?

금붕어가 말도 해?

펭귄도 하는데 뭐.

네 이름으로 '귤' 어때?

귤?

?

응. 그거.

다른 이름보단 낫네.

그렇지?

근데 넌 어디 가는 거야?

난 여행을 하고 있어.

왜?

음… 굳이 이유를 대자면

신선한 설렘을 찾으려고.

설렘은 왜?

일상의 말라 비틀어져가는
건조함에서 벗어나고 싶어서.

가슴이 다시 뛸 수 있게 해줄
신선하고 팔딱거리는 설렘을 찾고 싶어.

일상이 그렇게나
재미없었어?

내가 그렇게 만들었지.

너무 많은 것들을
당연한 거라고 못 박아두고 살다 보니까

호기심도, 설레는 법도,
가슴을 뛰게 하는 법도,
전부 잊어버렸어.

여행이 그걸
다시 돌려줄까?

그랬으면 좋겠어.

가면 쓴 토끼

누가 오네.

안녕하세요?

반가워요.　　　　　안녕?

연극배우신가요?

아뇨.

근데 왜 가면을 쓰고 있어?

항상 웃고 있으려고요.

왜?

울거나 찌푸리거나
화내는 표정은 보기 거북하니까요.

그건 가식이잖아요.
진심이 아니고요.

맞아요.
가식이고 거짓이에요.
하지만…

근데 왜?

다들 솔직하게 살아야 한다면서
솔직하게 말하는 건 거북해하잖아요.

찌푸린 표정은 싫어하고,
웃는 표정을 바라죠.

그래서 저는
미지근한 거짓말을 하면서
이렇게 웃어요.

그렇군요.

그렇게 가면을 쓰면
모두 가식이란 걸 알지 않아?

알죠. 당연히.

하지만 누가 신경이나 쓰나요.
다들 이렇게 사는데.

듣지 않는 귀

무슨 일 있으세요?

왜 내 친구들은
죄다 자기밖에 모르는 걸까?

다들 입만 열었다 하면
오늘 내가 뭘 했는데,
이러쿵저러쿵…

내 얘길 들을 생각은
쥐뿔만큼도 안 하면서
지들 할 말만 한다고!

당신은 그 친구들 얘기를
제대로 들어줘?

무슨 소리야.
내 친구란 놈들이
내 얘길 안 듣는다니까?

내가 무슨 말을 하려고 해도
막 끼어든다니까?

그러니끼…

도대체 왜 이렇게
내 말에 귀 기울이는 동물이 없는 거야?
다들 귀는 장식인가?

근ㄷ…

정말 짜증나!

그러게.

아까운 것

저기 펭귄 씨.

네?

죄송한데 돈 좀 빌릴 수 있을까요?

제가 지갑을 잃어버려서요.

저런.

지갑 잃어버린 거
아깝지 않아?

아깝죠. 이것저것 많이
들어 있었거든요.

근데 왜 그렇게
웃고 있는 거야?

고마워요.

지갑 잃어버린 것도 아까운데,
오늘 기분까지 망치면 더 아쉽잖아요.

나에게 맞는 자리

안녕, 펭귄아.

안녕하세요?

혹시 오는 길에
다른 공룡 봤니?

아뇨, 한 번도 못 봤어요.

그렇구나….

다른 공룡을 찾고 있어?

아니, 그냥 궁금해서.
다들 자기 자릴 찾아서 떠났거든.

나도 내 자릴 찾고 있어.
내가 있고 싶고,
내가 나일 수 있는 자리를.

원래 스스로를
자리에 맞춰가는 거 아냐?

잘 안 맞는 자리라도

일정 부분 포기하고. 순응하면서 말이야.

그것도 자기 자리를 찾는
방법일지 모르지만

나는 나를 위해 자리를 찾는 거지.
자리를 위해 사는 게 아닌걸?

멈추지 않는 말

죽었을까?

불길하게 무슨 소리야.

살아 있을까?

시끄러워.

괜찮으세요?

괜찮지 않아!

어디 다치셨어요?

그런 건 중요하지 않아.
난 이렇게 멈출 시간이 없다고!

너도 빨리 정신 차리고 뛰는 게 좋을 거야.
뒤처지기 싫으면 말이야.

그런 쓸모없는 어항 같은 건
버리고 말이지.

너 쓸모없대.

난 귀엽잖아.

내가 잘못 살고 있는 건 아니야

안녕하세요?

아아안녀어엉.

뭐하고 계세요?

꽃으을 보오고 있어어.

막 달리던 말 봤어?

으응 봤지이.

달려가는 다른 동물들 보면
뒤처지는 게 두렵지 않아?

다르은 동물들이이 빠르게에
여얼심히 뛴다고 해서어

내가아 잘못 살고오 있는 건
아니이잖아아.

나는 내 속도로 살아가고 있을 뿐이야아.

마음 접기

뭐하고 계세요?

내가 잘하는 걸 하고 있지.

짜잔   오오

난 학도 접을 줄 알고
개구리도 접을 줄 알아.

저도 접을 줄 아는 거 있어요.

그게 뭔데?

제 마음이요.

전 마음 접는 데 익숙해요.

꾸깃꾸깃한데?

접고 나면 맨날 구겨져요.

미련이 남지 않게 접는 건
너무 어려워요….

자른 것처럼 접고 아무렇지 않게
살 수 있으면 좋을 텐데.

#2

세상에 똑같은
관계는 없다

안 괜찮으면 안 될 것 같아서

안녕하세요. 팬더 씨.

저요?

저 팬더 아닌데요?

네?

전 북극곰인데요?

에… 미안해요.

근데 왜 눈 주변이 까매?

다크써클이에요.

와우.

많이 피곤하신가 봐요.

전 괜찮아요.

진짜?

아침에 기대 대신
불안으로 잠에서 깨지만

지각은 안 돼….

입꼬리가
고무줄 늘어난 바지처럼
흘러내리지만

어떻게 웃더라?

항상 외롭지만

저는 괜찮아요.

그건 안 괜찮은 거잖아요.

안 괜찮으면
안 될 것 같아서요.

모르는 상처

뭐지?

왜?

손바닥에 상처가 있어.

긁혔어?

긁힌 기억이 없는데
언제 생겼지?

가끔 그럴 때 있잖아.
어디서 긁혔는지도 모르게
상처 나는 거.

그렇긴 하지.

내 머리에도
이런 상처들이 있을까?

머리?

살아오면서 나도 모르게
날카로운 모서리들에 긁힌
상처 같은 기억 같은 거.

많지 않을까.
세상은 날카로운 말들이
무심하게 오가는 곳이니까.

음...

내가 그렇게 상처준 이들도
분명 있겠지?

아마 그렇겠지.

생각이 꼬였을 때

이게 뭐지?

글쎄?

따라가 보자.

이게 뭐지?

꼬인 밧줄 더미?

어… 음, 안녕하세요?

안녕하진 않지만 안녕?

뭐하고 있어?

꽁꽁 묶여 있지.

왜 이렇게 꼬였어요?

생각만 계속 하다 보니까
너무 길어져서 꼬여버렸어.

잘라드릴까요?

자르긴 좀 아까운데…

생각이 꼬였을 때
생각으로 풀 수는 없잖아요.

그렇긴 해….

마음이 담긴 꽃

안녕하세요?

안녕.

고양 씨, 머리에 꽃을
기르시는 거예요?

응.

왜요?

물도 비료도 주기 쉽거든.

어떻게 주는데요?

흘리는 방법을 까먹어서
눈물샘에 꽉 찬 눈물로
물을 주고

말할 곳이 없어
썩어버린 진심을
비료로 주지.

그래서 아주 잘 자랐어.

위로 받는 상상

안녕하세요.

응? 안녕.

뭐하고 계세요?

내 우울한 이야기를
접어서 날리고 있어.

왜요?

내가 하고 싶은 우울한 이야기를
듣고 싶어 하는 동물은 몇 없거든.

그렇다고 돌이나 나무한테 말하는 건
너무 궁상맞으니까.

이렇게 날리면 기분이 좋아져.

나와 비슷한 누군가가
내 이야길 읽어주지 않을까
상상하거든.

이걸 읽으면서
아주 작은 위로를 받는 상상을.

＃ 헤매봐야 아는 것

군고구마네.

어서 오세요.

고구마 한 개만 주세요.

여행 중이세요?

네.

우와!

따뜻해.

펭귄 씨는
여행이 좋으신가 봐요.

네. 전 여행을 좋아해요.

부럽네요.

여행하는 게?

아뇨. 좋아하는 걸 찾았다는 거요.
저는 제가 좋아하는 게 뭔지 모르겠어요.

다들 좋아하는 일을 하라는데
저는 제가 뭘 좋아하는지 모르겠어요.

그렇군요.

펭귄 씨는 어떻게
좋아하는 일을 찾았어요?

음…

그냥…
여기저기 헤매고
이것저것 하다 보니.

방법 같은 건 없나요?

이것저것 해보는 수밖에
없는 것 같아요.

먹어보지 않은 요리나
가보지 않은 장소.
해보지 않은 일을
좋아할 순 없으니까요.

긁적

헤매보는 수밖에
없는 거네요.

저는 그렇게
생각해요.

어디로 가는지 아무도 모르는 이 세상에서
헤매면서 길을 찾는 건 자연스러운 과정 아닐까요?

\# 나의 답과 그들의 답

맛있다.

달달하네.

음...

냠

끝아.

왜?

내가 다른 동물들한테
조언을 하는 게
의미가 있을까?

왜 새삼스럽게?

나도 내 삶 하나 제대로
가누지 못하는 주제에

흐어아
으어아
느아아

이렇게 저렇게 삶에 대해 조언하는 건
말도 안 되는 짓이잖아.

냠

나는 별로 상관없다고 봐.

네가 살면서 찾은 답이
그들의 답이 될 수 없다는 건
다들 아니까.

이런 생각도 있구나 하면서
들어보고 스스로의 답을
찾으러 가겠지.

다행이네 그건.

다리의 재료

안녕하세요.
뭘 하고 계시나요?

동물과 동물을 잇는
관계라는 다리를 짓고 있어.

이건 무슨 재료예요?

한 번 맞혀볼래?

사랑?

아니 그건 너무 귀해.

돈?

그걸로 지으면 금방 무너지지.

이해?

이해는 기초공사로는
알맞지 않아.

그것들보다 좀 더
괜찮은 재료가 있지.

흠…

알려줄까?

네. 전 잘 모르겠어요.

이건 '신뢰'라는
아주 오래된 재료란다.

관계를 시작하는 이유는 제각각일지라도

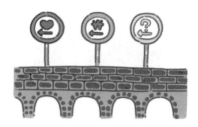

우리는 이 재료로 서로 간의 관계를 쌓지.

그렇게 지어진 다리 위로
이해나 호감이 오고 간단다.

이해로는 든든한 관계를
지을 순 없나요?

이해도 필요하지만
이해만으로는 어렵지.

이해를 할 수 없을 땐 양보를 할 수도 있지만.
신뢰를 할 수 없다면 관계는 부서지거든.

위로의 방법

전 밤송이가
아닌데요?

착각해서 죄송해요.

왜 울고 있어?

슬퍼서요.

왜 슬퍼요?

말하기 어려운 이야기예요.

음…

우리가 위로할 수 있는
간단한 사정은 아닌 것 같아.

잘 가요.

위로란 건 너무 어려운 것 같아.

무슨 말을 해야 할지
잘 모르겠어.

울어서 슬픈 게 아닌데
울지 말라는 말은
가혹한 요구일 뿐이고

당신의 아픔을 다 이해한다는 말은
티 나는 거짓말이고

다 잘 될 거라는 말은
책임질 수 없는 바람이고….

말로 누군가를 위로한다는 건
말도 안 되는 생각인걸까?

글쎄?

무슨 말을 해야 할지 모르겠으면
아무 말 안 하는 것도

한 가지 방법이 아닐까?

그런가….

\# 따뜻한 말

펭귄아. 물이 차다.

쌀쌀하네.

이럴 때 쓰려고
가져온 게 있었는데….

뭔데?

여기 있다!

뭔데 이게?

내가 받은 진심어린 따뜻한 말들.

이것만 있으면
마음 한편이 따뜻해져.

나도 추운데.

뜨뜻한 뱃살로 데워줄게.

차라리 추울래….

핑계 대기

저기, 펭귄 씨.
어디 불편한 곳 없어요?

네? 없는데요.

생각날 때마다
그때의 내가 싫어지는
기억 같은 건요?

그런 것도 약이 있어?

네, 있어요.

그런 상처를 위해

뒤적
뒤적

핑계를 팔고 있답니다!

핑계요?

바보 같은 실수로
내 스스로가
싫어질 것 같을 때,
그때 대면 돼요.

어떻게 쓰는 건지
잘 모르겠어요.

예를 들자면 새로운 시도를 하다가 실패했을 때
용기를 잃지 않기 위해 붙이거나

ㅋ아악

난 요리엔 소질이 없나?

도구가 없어서 그래.

삶이 삐끗해서 휘청할 때

처음 살아보는 거니까
그럴 수 있다고 핑계 대면 돼요.

핑계는 그저 눈 가리고
그 상황을 모면하려는 거잖아.
실패에서 도망가는 거 아냐?

맞아요. 우리는 핑계만으론
더 나아질 수 없겠지만…

거듭되는 실패와 잔혹한
세상 앞에선 핑계도 필요해요.

스스로를 미워하지 않게.
포기하지 않게.
계속 살기 위해서 말이에요.

다만. 남한테 대지는 말아요.

좋아하는 건 좋아하는 걸로

다 그렸다.

보여줘.

괜찮네.

그치?

화가하셔도 되겠어요.

음…

그건 잘 모르겠다.

난 그림 그리는 게 좋아.

그렇지만…

먹고살기 위해
그림을 그린다는 건
다른 문제야.

왜?

좋아하는 일로 먹고산다는 건
나름 큰 행운이잖아.

그림 그리는 게 좋은 이유는
그리고 싶은 걸 그리고 싶을 때
그릴 수 있어서니까.

난 좋아하는 일은
좋아하는 걸로 남겨두고 싶어.

#3

응답하라, 사랑

살아 있으니까?

분수네.

예쁘다.
그러게.

여행은 마음을
편하게 해주는 것 같아.

그런가?

일상에서 동물들과 부대끼면서도
계속 외로운 기분이 들 때면

혼자 어울릴 줄 모르는
어설픈 동물이 된 것 같은
기분이 드는데 말이야.

여행 중에 외로운 건
숨 쉬는 것만큼이나
자연스러운 기분이야.

여행길 위에서 외로운 건
낭만으로 포장할 수도
있고 말이야.

왜 그렇게 맨날
외로운 건데?

글쎄…

살아 있으니까?

말 같은 똥이네.

내 마음입니다

뭐하고 계세요?

이것 좀 고치고 있어요.
고장 난 것 같아서요.

이게 뭔데요?

제 마음이요.

내 마음인데
내 마음대로 안 돼요.

맨날 멋대로 이상한 데 빠지고
툭하면 아파하고!

다른 건 몰라도
너까지 맘대로 안 되면 어떡해!

아름답고 끔찍한 풍경

우와!

아름답다.

꽃들이 정말 예쁘네.

근데 뭐가 자꾸 밟혀.

해골이네.

안 놀라네?

지금 바로 당장 즉시
이 끔찍한 곳에서 탈출하자.

놀라는 것도 까먹었군.

흐워어엉.

왜 그러니?

여긴 너무 무서운 곳이에요.

난 예쁜데.

많은 동물이 이곳을 지나가며
다양한 감상을 남겼지.

이곳의 꽃들을 보고
아름다운 곳이라고 말하는
동물도 있었고

해골을 보며
무섭고 끔찍한 곳이라는
동물도 있었어.

하지만 아름다운 곳이라고 하기엔
무서운 해골들이 잔뜩 있잖아요.

하지만 끔찍하고 무서운 곳이라고 하기엔
아름다운 꽃들이 가득한걸.

거북 씨에게 이곳은
어떤 곳인가요?

나는 이곳이 아름다운 곳이라고
믿고자 한단다.

왜요?

분명 이곳엔 무서운 해골도 있고,
꽃이 항상 아름다운 것도 아니지만.

나는 계속 살아갈 거니까.
세상이 아름답다고 믿고 살아가는 게

더 나은 방법이라고 생각하거든.

사랑받는 삶

다 읽었다.

무슨 내용이었어?

흔한 이야기였어.
사랑받고 싶어 하는 동물의
사랑을 찾는 이야기.

으윽
내 허리

사랑이라.
정말 오래된 주제네.

그치.
사랑받고 싶어 하는 마음은
누구나 갖고 있으니까.
공감하기 좋잖아.

너도?

당연하지.
사랑받는 것만큼
행복한 게 또 있을까.

그럼 그게
삶의 목표 같은 거야?

아니, 그건 아냐.
그건 목표가 되면 안 돼.

그러면 남이 사랑해줄 만한
것들만 하게 되거든.

나는 다른 이들에게 사랑받는 삶보다는

내가 나로서 살아가는
삶을 살고 싶어.

우리는 조금이라도 나아지고 있을까

발톱이 많이 자랐네.

어쩐지 신발이 작아진 느낌이었어.

발톱이 쑥쑥 자라네.

그러게 말이야. 알아서 잘도 자라네.

음…

궁금하네.

뭐가?

나는 이 발톱만큼은 성장하고 있을까?

어제보다. 일주일 전보다
조금은 나아지고 있을까?

요만큼이라도 말이야.

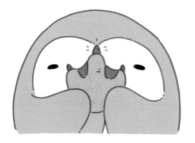

아마 그렇지 않을까.
뱀이 허물을 벗는 동안은
스스로를 못 보듯

우리는 나아가는
스스로의 모습을
느끼기 힘들다고 생각해.

그걸 왜 맡고 있어 드럽게!

나도 모르게 그만….

불행한 상자

이건 뭘까?

저요?

어… 안녕하세요. 상자 씨.

전 상자가 아닌데…

그 안에서 뭐하세요?
여기선 하나도 안 보여요.

불행에서 빠져나갈 길을 찾고 있어요.

근데 열심히 발버둥 쳐도
뾰족한 방법이 없네요.

밖에서 열면 되잖아요.

그게 잘 안 돼요.

밖에서 안 열리네요.

안에서 깨고 나올 순 없어?

그렇게 간단하게 벗어날 수 있는 것이었다면
이건 불행이 아니었을 거예요.

제 불행이 별것 아닌 걸로
보일 수 있겠지만

저에겐 두 눈을 꽉 채우는 불행인 걸요.

그럼 어떻게 해요?

별거 있나요.

불행에 숨 막혀 죽지 않게
발버둥 치며 사는 거죠.

그럼 언젠가 불행에서 벗어나려고 사는 게 아니라
행복해지려고 사는 날이 오겠죠.

노란약과 파란약

음?

오랜만이네?

어? 잘 지내셨어요?

나는 잘 지냈지. 너희도 그래 보이네.

그럭저럭.

가방이 많이 홀쭉해졌네요.

그치?

많이 팔았거든.
이제 거의 빈 가방이지.

오호

뭐가 제일 많이 팔렸어요?

음...

두 가지가 가장 많이 팔렸어.

밝은 미래가 올 거라는
작은 희망을 주는 노란약.

조금 부정적이더라도
현실적으로 생각하게 해주는 파란약.

뭐가 더 잘 팔렸어?

한 번 맞혀봐.

음… 전 노란약 같아요.

난 파란약.

왜?

꿈을 이루는 데는
노란약이 더 도움되니까요.

그렇구나.

꿈에서 살아가는 게 아니라
현실에서 살아가야 하니까.

나는 노란약이 훨씬 더 잘 팔리는
그런 날이 왔으면 좋겠어…

반짝거리는 꿈

나는 어떤 꿈이건
꿈을 가진 동물들은 부럽더라.

난 비현실적인 꿈은
오히려 안 좋다고 봐.

결국 이룰 수 없는 꿈이란 건
현실에 도움 되지 않는
부질없는 환상이라고.

흠…

응?

안녕하세요?

제가 잘 보이세요?

네. 반짝반짝하네요.

헤헤.
전 반짝반짝한 별이 될 거예요.

별?

왜 별이 되고 싶어요?

네. 저기 위에 있는
예쁜 별이요!

길 잃은 친구들이
무서워하지 않게 도와주고

캄캄하고 아무도 없는 밤에
스러지는 꽃들을 비춰줄 거예요.

그럼 세상이 조금 더
나은 곳이 되지 않을까요?

그렇군요.

잘 가요!

어떻게 생각해?

…

비현실적이고.
이루어지지 않을
꿈이라고 생각해.

그런데도 꿈이란 건 꾸는 것만으로
저렇게나 반짝반짝 빛나는구나.

부럽네.

고장 나지 않은 것은 고칠 필요 없어

안녕하세요?

응?

왜 물고기를
머리에 얹고 다녀?

애완 금붕어예요.

애완 금붕어라고?

적적하지 않아서 좋은걸요.

이해가 안 가네.
뭐하러 그런 이상한 짓을
하고 있는 거야?
튀어 보이고 싶어?

아니요.
오히려 그 반대인데요.

그런 우스운 짓은 그만둬.
이상해 보여!

저는 이상한 동물이라서요.

그럼 고쳐야지.
계속 그렇게 이상하게 살려고?

저는 이상한 거지
고장 난 게 아닌데요.
누가 고장 났대?

고쳐야 하는 건 고장 난 거잖아요.
왜 다르다는 이유로

당신의 이해에 맞춰주지 않았다는 이유로
남을 고장 났다고 하는 거죠?

다른 걸 틀렸다고 하는 당신이야말로
고장 난 거 아닌가요?

당연한 것에서 벗어나기

게일까?

응, 게 같은데.

여긴 육지잖아.

안녕하세요. 게 씨.

안녕. 얘들아?

여행 중이니?

네. 여행을 하고 있어요.

나도 그래! 반가운걸!

왜 땅 위를 여행하는 거야? 힘들지 않아?

엄청 힘들지.
물통은 무겁고, 걷기도 힘들고.

근데 굳이 왜?
이렇게 힘들지 않아도 되잖아.

맞아.

새로운 시도를 하지 않았다면
편하게 지낼 수 있었을 거야.
내가 익숙한 세상에서.

그에 반해 이 길은 위험하기도 하고
불편함도 감수해야 하지.

그걸 알면서도 여기 있는 이유는

실패가 두려워서 시도하지 않게 되면 평생
새로움이 뭔지 모르고 살 것 같았어!

더 외로워지는 이유

이젠 조금 알 것 같아.

뭘?

왜 혼자 있을 때보다
동물들 사이에서 더 외로운지.

혼자 있을 땐 느끼지 못하지만

많은 이들 사이에선 느껴지는

그 평범함 때문이 아닐까.

누구와도 나눌 수 없는

그런 외로움조차도

그저 평범한 것이 되어버리니까.

#4

여기서
용기도 파나요?

낡은 꿈

뭐하는 곳이지?

글쎄, 음산하다.

안녕? 꿈 맡기러 왔니?

꿈이요?

이런, 여기 처음이구나.

꿈을 파시나요?

여기선 아무것도 팔지 않아.
대신 너의 낡은 꿈을 받지.

꿈을 드리면 돈을 주시나요?

아니. 그 반대지.
꿈을 보관하는 값을 받아.

그럼 왜 맡겨? 돈 아깝게.

답답하니까.

꿈을 처음 갖는 순간에는 반짝반짝하고 빛나지.

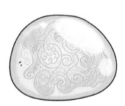

그래서 들여다볼 때마다 자신을 돌아보게 해.

매일 그 꿈을 닦으며 자신을 비추는 이들이 있고.

닦기를 포기하고 꿈을 버려두는 이들도 있지.

그런 꿈들은 현실의 차가움에 얼어붙고
먼지 쌓인 돌덩어리가 되어버려.

그리고 생각날 때마다
꾸었던 이의 가슴을 무겁게 하지.

나는 그런 꿈들을 보관하는 거야.
낡아버린 꿈을.

너도 갑갑한 가슴으로 살아가고 싶지 않으면.
꿈을 닦는 걸 잊지 않는 게 좋을 거야.

말의 무게

안녕하세요. 두꺼비 씨.

안녕하지 않아.
방금 친구랑 싸웠다고.

정말 사소한 일이었는데!
도대체 왜 그까짓 걸로 화내는 거지!

왜 싸우신 건데요?

정말 별거 아닌 일이었다고.

오랜만에 본 친구가 전보다 살쪄 보여서
"고새 살쪘냐?"라고 장난삼아 물어봤을 뿐인걸.

그거 한마디 듣더니 바로 삐졌다고. 소심한 자식.

사과하는 게 좋지 않을까요?

내가 왜? 걔가 그렇게
소심한 게 잘못이지.

상처 입기 쉬운 부분이 있다는 게
잘못한 건 아니잖아요.

그래도 지나치게 여린 쪽도 문제가 있잖아.
누가 그런 가벼운 말에 상처 입을 줄 알았겠어?

물론 말은 가볍죠.

하지만 때론 심장을 파낼 듯이 날카롭고

때론 감당하기 어려울 만큼 무거워요.

가벼운 마음에서 나온 말이 어떤 말이
되었는지는 받는 이만 아는 거고요.

'이 정도는 괜찮겠지'가
누구의 기준인지 잘 생각해봐야 한다고 생각해요.

YOLO

음… 펭귄.

?

YOLO가 무슨 뜻이야?

저거?

You only live once.
삶은 단 한 번이라는 거지.

음.

네 삶을 살아라. 이런 뜻인가.

뭐 해석하기 나름이겠지.

네 해석은 뭔데?

나한테는…

다른 이들의 실수에 조금 더 관대해지기.

실수? 왜?

우리는 무언가를 잘하려고 할 땐
수많은 연습을 하잖아?

아무리 짧고 작은 무대를
위해서라도 말이야.

근데 그런 것들보다 훨씬 길고 중요한 삶을 위해선

단 한 번의 연습 기회도 주어지지 않은 거잖아.

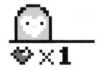

아주 짧은 시간조차도 말이야.

우리에게 주어진 거라고는
정말 어렵고 단 한 번뿐인 실전인 거지.

그러니까. 연습 한 번 못해본 우리들은
서로의 작은 실수에 조금 더
관대해지면 좋지 않을까… 싶어서.

실패를 쌓는 일

나른하네….

무슨 소리지?

난다아!

흐악!

이게 무슨...

타조 엉덩이 같아.

그러네.

일단 빼고 보자.

흐아

어… 안녕?

괜찮으세요?

조금 뻐근하긴 한데
괜찮아.

하늘에서 왜
떨어진 거예요?

나는 걸 연습하고 있었거든.

나는 걸요?

응. 근데 이번에도 실패네….

얼마나 연습하셨는데요?

글쎄?
어어엄청 많이 많이?

그렇군요.

떨어지는 게
두렵진 않으세요?

두렵지.
보기보다 아프다고.

보기보다?

근데 어떻게
그렇게 계속 도전해요?

지금은 실패를
겹겹이 쌓고 있다고 생각해.

그리고 언젠가는 그 겹겹이 쌓인 실패가
실력이 되어 나를 날게 할 거라고 믿어.

\# 주머니에 들어가지 않는 것들

오늘은 텐트야?

응.

운치 있지?

운치?

돈은 없지만 운치는 있다고 하자.

좋은 정신승리야.

내가 잘하는 몇 안 되는 것 중 하나지.

정신승리란 건
어설픈 자기합리화 아냐?

뭐 어때.

없는 돈을 많다고 우기는 건 아니잖아.

아무래도 상관없는 운치쯤은
있다고 우겨도 되겠지.

말로 돈을 만들 순 없어도
운치는 만들 수 있으니까.

편리한 사고방식이네.

그치?

에구 허리야.

난 이런 주머니에 들어가지 않는 것들이
삶을 채우는 거라고 봐.

비겁한 행복

아고… 힘들어라.

네! 과장님!

요즘 동물들은 힘들다는 말을
너무 쉽게 한다니까. 쯧.

진짜 힘드니까
그렇게 말하는 거 아냐?

세상에 자기보다 힘든 동물이
얼마나 많은데.
행복한 줄 알아야지!

자신보다 힘든 동물들을 보면서
자기의 행복을 깨달아야 한다고?

아니. 자신이 얼마나 좋은 조건을
가지고 있는지 알라는 거지.

그럼 나보다 더 좋은 조건을 가진 이들을 볼 땐
내가 얼마나 덜 가졌는지 깨달아야 해?

아니. 그런 뜻이 아니잖아. 그땐 그들처럼
더 나아지려고 노력할 생각을 해야지. 멍청아.

그거 되게…

비겁하네요.

착해 보이지 않기

안녕하세요. 늑대 씨.

아. 저요?

네. 늑대 씨.

217

아니! 날씨가 이렇게 더운데
안녕할 리가 없잖아!

딱 봐도 더워서 힘들어 보이잖아!
약 올리는 거야?

거칠거칠한걸?

물 좀 드실래요?

어… 고마워.

너는 착한 펭귄이구나.

고마워요.

고마울 게 아니에요.

잉?

착하다는 건 칭찬이 아니에요.
살아가는 게 힘들다고요.

착해 보이지 않으려고
늑대 옷을 입은 거예요?

착하다고 얕보이지 않으려면.
호구 잡히지 않으려면. 그래야 돼요.

세상은 착하게 사는 동물에게
착하게 대해주지 않으니까요.

그런가요.

저 늑대 옷 사고 싶다.

왜? 나빠 보이고 싶어서?

아니, 따땃해 보여서.

난 굳이 나쁜 척을 하고 싶진 않아.
상처 주는 게 받는 것만큼이나
아프단 것도 알고 있고.

네 삶의 주인에게 물어봐

펭귄.

?

너는 네 삶이
얼마나 가치 있다고 생각해?

왜 갑자기?

그냥.

여태까지 별거 없었고, 앞으로도 대단치 않을 삶인데.

이런 이름 없이 피었다 지는 잡초 같은 삶에

어떤 가치가 있기는 할까?

음…

이거 얼마게?

내가 어떻게 알아.
가게 주인한테 물어봐.

너도 네 삶 주인한테 물어봐.

나잇값

좋은 연주네요.

그치?

왜 여기서 혼자 연주하고 계세요?

내가 기타 치는 걸
다들 싫어하거든.　　　왜요?

잘 치는데.

사실 내가 신용불량자라서.

빚을 졌어?

음, 정확히 말하자면
값을 못 치렀지.

어떤 값?

나잇값을 못 갚았어.

세상이 정해놓은 나잇값을.

학생일 땐 열심히 공부해서 좋은 성적을 받아야 하고

20대 후반에는 번듯한 직장에 들어가야 하고

30대쯤 되었으면 괜찮은 차 정도는 가졌어야 하지.

하지만 나는 그것들을
제대로 갚지 못했어.

그래서 누가 쫓아오는 거야?

쫓아오는 건 아니지만…
많은 이들이 나를 불편하게 봐.

저렇게 살면 안 된다고 하고.

내 삶이 실패한 삶이라고 말하는 이도 있어.

하지만. 하지만 말이야.

난 내가 무슨 일을 하고 싶은지 알고

내가 언제 기타를 쳐야 하는지 알아.

난 그게 더 중요하다고 생각해.

영원한 것은 없다

안녕하세요?

안 안녕해요.
여자친구랑 다퉜어요.
왜요?

여자친구가 우리 사랑은 영원할까?
라고 물어봤는데
대답을 잘못했어요.

뭐라고 했는데?

영원한 건 세상에 없다고
해버렸어요.

역시 영원할 거라고
말해야 했던 걸까요?

그게 모범답안이긴 하죠.

그렇지만, 전 영원이란 말을
믿지 않는걸요.

이런 말은 어때?

사랑도 삶도 영원하지 않은 걸 아니까.

할 수 있는 동안 최대한,
할 수 있는 만큼 사랑하고 있다고.

영원히 살 것처럼
게으르게 사랑하고 있지 않다고 말이야.

좋은데요? 먹힐 것 같아요.

조언 고마워요!

잘 가요!

잘 될까?

몰라, 연애를 해봤어야 알지.

잊히는 것들

안녕하세요?

안녕하세요.
지금 여행하는 중이세요?
네.

그럼…

이 안으로 들어오진 마세요.

왜요?

이것보다 가까워지고 싶지 않아요.
어차피 곧 떠날 거잖아요.

우리 사이가 가까워지면,
저는 제 안에 당신의 자릴 만들겠죠.

날아가는 새만 봐도
당신을 기억할 정도로요.

하지만 당신은 계속 여행할 테고,

수많은 다른 이들을 만나겠죠.

그리고 존재감 없는 저 같은 동물은
금방 잊을 거고요.

잊히는 건 너무나 쉽지만,
잊는 건 너무 어려워요.

이젠 그럴 바엔 차라리 혼자 남을래요….

말뿐인 말

혼자 먹으니까 맛있냐?

매우 몹시 엄청 아주 기똥차게 맛있다.

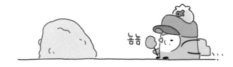

나눌수록 기쁨이 커진다고 하잖니.

그래? 양손으로 나눠 먹어야겠다.

안녕하세요.

안녕하세요?

달달하게 생기셨네요.

특이한 칭찬이네요.

뭐하고 계세요?

생각을 좀 하고 있었어요.

어떤 생각인데?

아이들에게 가르쳐줄 것들이요.
저는 선생님이거든요.

말뿐인 말로 끝나지 않을
그런 것들을 찾고 있어요.

말뿐인 말이 뭔데요?

껍데기만 남아 있는 말이죠.

예를 들자면요?

어느 날 수업 주제가 '돈'이었어요.

저는 좀 더 편하게 가치를 교환하기 위해
만든 물건이 돈이라고 말했죠.

우리는 돈과 우리의 능력을 교환하며
돈은 그 과정을 편하게 해주는 수단이라고요.

돈은 결국 동물들을 위해 만들어진
물건이라고 말했죠.

그런데 그날 저녁 뉴스에선
비용을 아끼려다 일어난 사고가 나오더군요.

몇 푼의 돈을 아끼기 위해
안전장치도 제대로 해주지 않는 현실이요.

저는 말뿐인 말을 하고 있던 거죠.

이건 동화 속 이야기를
실제로 일어나는 일이라고 하는 것보다
더한 거짓말이에요.

교육이라는 건 그저 말로만 성공한
우리의 이상을 알려주는 게 아니라

현실의 문제에서 눈을 돌리지 않을.
실패와 마주할 용기를 가르치는 거라는 생각이 들었어요.

#5

낯설게
행복해지는 방법

이불 밖은 위험해

안녕하세요?

안녕하신가요.

따뜻해 보이는 코트네요.

이거요?

에…

이건 이불이랍니다.

감기 걸릴 일은 없겠네요.

추워서 이불 안에
있는 건 아니에요.

그럼?

부끄러워서요.

뭐가요?

제가요.

저는 제가 부끄러워요.

남들은 별거 아닌 듯 넘기는 그런 말들에
너무 아파하는 제가요.

상처 주는 이도 왜 그런 걸로 상처 입냐고 하는데.

정말 제가 순두부처럼 물러 터져서
상처 입는 것 같아서요.

이 약한 면이 잘못된 것 같고,
　그게 너무 부끄러워요….

저번에 웃는 가면을 봤는데,
그게 더 편하지 않을까?

저도 그거 있어요.
　　잉.

이걸 쓰고 다녔던 적도 있어요. 근데…

가면을 쓰고 웃고 있었는데

간신히 올렸던 가면의 입꼬리마저

와르르 무너졌을 때

너무 비참했어요….

답은 정해져 있다

안녕!
저기, 이 목걸이
정말 예쁘지 않니?

안녕하세요.

반짝반짝 예쁘네요.
엄청 비싸 보이고.

맞아 비싸긴 해.

이걸 사면 난 한동안
쫄쫄 굶어야겠지….

그래도 너무 예뻐!

이걸 안 사면
두고두고 후회할 거야.
누가 사 갈까 봐 조마조마해서
잠도 안 오겠지….

예쁘긴 한데….

그렇지! 사야겠지!

그래도 통장 잔고를 생각…

고마워!

하는 게 좋지 않을까요?

답정너*네.

*답정너 '답은 정해져 있고 넌 대답만 하면 돼'라는 신조어

어려운 것 같아.

뭐가?

가진 게 적은 건지, 욕심이 큰 건지 아는 거.

진심을 보일 때처럼

안녕하세요?

안녕.

안녕.

뭐하고 계세요?

꽃을 다듬고 있지.

왜요?

장식용으로 쓰려고.

적당한 꽃을 한 송이 골라서

보여주기 지저분한 뿌리를 잘라내고

찔리면 아플 수 있는 가시도 뽑고

향기롭고 아름다운 부분만 남기지.

마치 남에게 진심을 보일 때처럼.

\# 마음의 온도

안녕하세요?

많이 더우신가 봐요?

에…

츄!　　　　　컥

미안해요. 추워서 그만….

괜찮아요.

추운데 왜 그러고 있어?

마음을 차갑게 식히려고요.

왜?

친하다고 생각했던 이와 마음이 닿았었는데

내 마음만 훨씬
온도가 높다는 걸 알았어요.

그때…

혼자만 멍청하게 따뜻했던 마음이

바보같이 느껴졌어요.

물론 나만큼 따뜻하길 바란.

제가 멍청한 거지만

전 그게 정말 시럽게 싫어요.

정말 바보 같아요.

작은 행복

자는 거 같지?

응.

엄청 행복해 보였어.

맞아.

별것도 아닌 낮잠이었는데 말이야.

굳이 대단한 일을 해야만
행복해지는 게 아니긴 하지.

멀리 갈 필요 없이 찾을 수 있는
작은 행복들이 있잖아.

따뜻한 물을 맞으면서 샤워할 때나

포근한 이불 덮고 꾸물거릴 때나

가을바람 맞으면서 커피를 마실 때처럼

작고 가까이 있는 행복들을 줍는 거지.

하긴 그것도 행복이지.

사랑받을 용기

안녕…

흐악!

하세요?

누… 누구세요?

전 펭귄이에요.

난 그 펭귄을 타고 다니는 금붕어.

누가 쫓아오나요?

아뇨… 그건 아닌데…

제가 겁이 워낙 많아서요.

왜 울고 있었어?

한심스러운 제가 싫어서요….

저를 좋아하는 친구에게 고백을 받았는데.

거절했어요.

왜요?

마음에 안 들었어?

아뇨. 좋은 친군데. 매력 있는 친군데.

용기가 안 났어요.

주는 사랑을 온전히 받을 순 있을까?

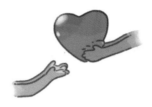

혼자서도 절뚝거리며 사는 난데.

둘이 되면 저 친구까지 휘청휘청하게 되는 게 아닐까?

이런 생각들에 겁을 내는 제가
사랑받을 용기도 못 내는 제가

너무 한심해서 슬퍼요···.

\# 자존감

펭귄아.

왜?

자존감이라는 게 뭐라고 생각해?

자존감?

글쎄… 근데 왜 갑자기?

그냥 자존심하고
뭐가 다른지 궁금해서.

음… 나한텐 어렸을 때 가지고 있었던
곰인형 같은 거야.

곰인형?

자그마한 나무칼과 방패를 가진 곰인형.

자존감하고 곰인형이 무슨 관계야?

성격도 급하시네. 기다려봐.

난 어릴 때 침대나 장롱 아래가 무서웠어.

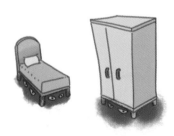

밤이면 그 까만 곳에서
시꺼먼 괴물이 나온다고 생각했거든.

어두운 그림자에서 기어 나와
길고 무서운 혀로 이불 위를 핥고 간다고 말이야.

그러던 어느 날. 곰인형을 선물 받았지.

그 인형이 나를 괴물로부터 지켜줄 거라는 생각을 하게 됐어.

내가 자는 동안 단단한 나무검으로 괴물들을 무찌르는 거지.

난 자존감이 그런 거라고 생각해.

내가 만들어낸 두려움과 안 좋은 상상들이
나를 좀먹지 못하게

나를 지켜주는 것.

나이 먹기

저기, 펭귄 씨.

네?

여행 중이세요?

네, 여행하고 있어요.

우와아!
그럼 막 가고 싶은 데로
가겠네요!   그런 편이죠.

우와아! 부러워요!
저도 빨리 어른이 되고 싶어요!

어른?

어른들은 다들 자유롭게 살잖아요!
집에 늦게 들어가도 되고, 여행도 하고요!

저도 그런 자유를 갖고 싶어요!

앵무야!

앗!

그러려면…

전 갈게요!

안녕히 계세요!

잘 가요!

활기차구만.

그게.

나하고는 반대로 생각하는구나.

그래?

난 나이를 먹는 게
무언가를 잃어가는 쪽인 것 같거든.

수명?

그것도 있지만… 보이지 않는 소중한 것들을
아주 많이 잃으면서 나이를 먹는 것 같아.

적어도 자유롭긴 하잖아?

난 자유롭긴 한 걸까? 잘 모르겠어.

내가 생각했던 자유는
이런 게 아니었던 것 같은데….

내 진짜 색이 뭐지?

안녕하세요?

저기, 펭귄아. 뭐 하나만 묻자.

네?

카멜레온이 원래 무슨 색이니?

카멜레온이요?

여름 잎사귀 색 아니야?

녹색?

아냐. 그건 카멜레온이
밀림에서 살았으니까.
색을 맞춘 것뿐이야.

근데 왜 그런 질문을 하세요?

내 색이 뭔지 까먹었어.

맨날 내 색을 바꿔야 했거든.

면접을 보러갈 때마다

다음 면접자 들어오세요.

매번 다른 색이 되어야 했거든.

저는 어릴 때부터
이 분야에 깊은 관심을 갖고…

그러다 보니까

비록 전공과는 다르지만…
항상 이 분야에 관심을 갖고…

내가 원래 어떤 색이었는지

이 분야에서 일하겠다는
목표를 갖고 있습니다…

까먹어버렸어….

돌아보다

이상하다….

뭐가?

지도에선 여기에 바다가 있거든?

응.

근데 바다가 어디 가고
벽이 있는 걸까?

파도 소리는 나는데?

이걸 넘어야 나오나?

글쎄….

여기가 바다야.

거기 누구세요?

여기? 네 앞에 있는데.

안녕?

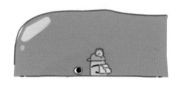

으와아!
안녕. 고래 씨.

바다 구경하러 왔니?

네. 바다를
보고 싶어서요.

나도 그래.

고래 씨도요?

고래는 바다에 살잖아!

그렇지.

근데 바다를
구경하러 온다고?

네가 말한 것처럼 바다는 고래에게 당연한 곳이니까.

그 속에선 그 가치를 잊고 살아.

사랑을 하면서도 사랑을 모르고,
살면서도 삶이 뭔지 모르듯.

그래서. 우린 종종 거리를 두고 돌아볼 필요가 있어.

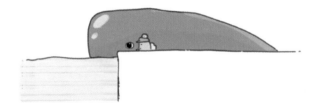

번외편

마음을 주는 일

어서 와요.

좋아하는 애가 생겨서 왔는데요.

마음은 선불이에요.

음…

요만큼만 낼게요.

부족할 수도 있는데 괜찮아요?

다 주면 너무 아픈걸요….

잘 가요.

오랜만이네요.

으 추워.

갸는 제가 마음을 준 걸
전혀 모르는 것 같아요.

너무 조금 준 것 같은데
좀 더 줘보는 건 어때요?

음...

그럼 있는 거 다 드릴게요.

잘 가요.

으으… 엄청 춥네.

이제 그 애도 날 생각하겠지?

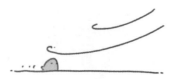

어서 와요.

으으 추워…

저는 있는 마음을 다 줬는데
걔는 정말 조금도 마음을 안 주던데요?

마음을 주고받는 건
물물교환이 아니니까요.

주면 받을 수 있을 것처럼 말했잖아요.

복권 같은 거죠. 마음을 주기 전에는
알 수 없는 그런… 이번엔 아닌가 보네요.

잘 가요.

비어버린 마음은 어떻게 하지….